véritable

DE LA

GARGOUILLE,

Complainte en 32 couplets,

ORNÉE DU PORTRAIT DE LA BÊTE
ET D'UN FAC SIMILE DE SON ÉCRITURE.

DÉDIÉ AUX ROUENNAIS.

A CAEN,
Chez RENARDINI, LIBRAIRE, R. DES JÉSUITES,
à l'image Saint-Ignace;
A PARIS ET A ROUEN,
CHEZ LES MARCHANDS DE NOUVEAUTÉS.
1826.

Histoire véritable

DE LA

GARGOUILLE,

Complainte en 32 couplets,

ORNÉE DU PORTRAIT DE LA BÊTE

ET D'UN FAC SIMILE DE SON ÉCRITURE.

DÉDIÉ AUX ROUENNAIS.

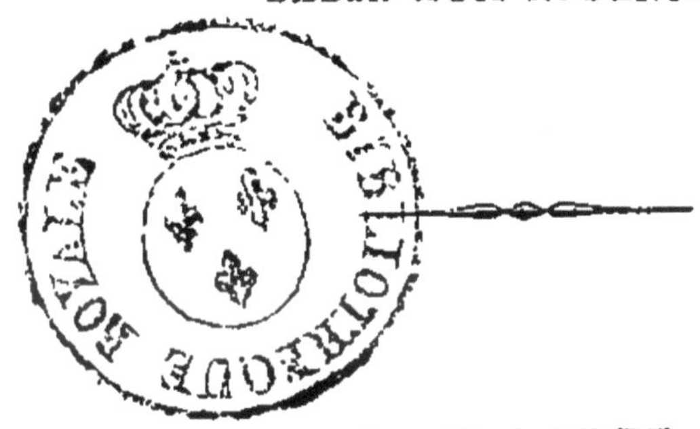

A CAEN,

CHEZ RENARDINI, LIBRAIRE, R. DES JÉSUITES,
à l'image Saint-Ignace;

A PARIS ET A ROUEN,

CHEZ LES MARCHANDS DE NOUVEAUTÉS.

1826.

AVIS AU LECTEUR.

Pour remplir l'obligation contractée dans le titre de cet ouvrage, l'éditeur s'est successivement adressé à nos premiers artistes pour en obtenir le portrait de la GARGOUILLE, mais comme aucune physionomie n'est plus mobile et plus changeante que la sienne, il a fallu renoncer à ce projet, faute de pouvoir saisir la ressemblance de la bête. Les anciennes images que l'on en conserve dans les cabinets des curieux offrent la même diversité de physionomie.

Quant au *fac simile* de l'écriture, la même difficulté nous a arrêtés : tantôt fine et déliée comme l'italienne, tantôt gothique comme l'espagnole ou l'allemande, quelquefois anglaise, jamais nette et franche comme la française, elle n'offre aucun caractère constant et fixe : d'ailleurs par le temps qui court chacun en a vu ou en verra.

PRÉFACE.

Pour donner une idée de l'intérêt de cet ouvrage. il nous suffira de transcrire ici le titre des principaux chapitres : *Que la Gargouille n'est pas, comme on l'avait cru jusqu'à présent, née à Rouen, mais qu'elle y est venue de Rome. — Portrait de la bête, ses mœurs et comportements. — Comment elle se nourrit de chair humaine, friande surtout du sang des rois. — Digression très curieuse sur la manière dont étaient trempés les petits poignards que la bête portait toujours à sa ceinture. — Comme quoi les cent oreilles de la bête entendaient tout; comme quoi ses cent yeux, quoique tournés vers le ciel, voyaient tout ici-bas, et comme quoi elle savait glisser ses mains dans les poches de tout le monde. — Gentillesses hypocrites de la bête; ses tours de passe-passe sur les places publiques; ses beaux semblants et beaux discours, images, cantiques et livrets qu'elle distribue afin de plaire à un chacun.—Réflexions sur la galanterie de la bête pour les riches veuves et sur son goût pour les petits garçons. — .... Que ce n'est pas un archevêque de Rouen qui l'a noyée dans la Seine, mais qu'elle est morte par la main du bourreau dans la cour du Palais de justice. — Examen anatomique du cadavre d'icelle, et les étranges phénomènes qu'il présente. — .... Comme quoi aucuns prétendent que la bête est ressuscitée de nos jours. — Chasse célèbre où l'on dit qu'elle a été profondément blessée par deux chiens d'arrêt. — Projet intéressant de faire un beau miracle à l'encontre d'icelle. — Conclusion finale, en forme de morale adressée aux habitants de Rouen.*

P. S. Nous apprenons à l'instant que, pour se conformer au goût du jour, l'auteur a traité son sujet sous forme de complainte.

HISTOIRE VÉRITABLE

DE

LA GARGOUILLE.

COMPLAINTE.

Air de la complainte de *Fualdès*,
et de celle du *Droit d'aînesse*.

I.

Invocation.

O Jean de l'Apocalypse,
Toi qui as vu de tes yeux
Tant de bêtes dans les cieux,
La Gargouille les éclipse :
C'est un méchant animal
Qui a fait beaucoup de mal.

II.

Narration.

Ce fut du temps de nos pères,
A qui long-temps il en cuit,
Que la GARGOUILLE sortit
Tout-à-coup de dessous terres,

Jetant l'effroi tous les jours
Dans Rouen et ses faubourgs [1].

III.

Domicile de la Gargouille,

Joyeuse, elle eut pour tanière,
Non loin du mont des Sapins,
Un lieu qu'elle rendit mal sain,
Dominant la ville entière ;
Et c'est là qu'elle attirait
Les gens qu'elle approfitait.

IV.

Portrait de la Gargouille.

De cette bête horrifique
Un vieil auteur, trait pour trait,
Nous trace ainsi le portrait,
Tant au moral qu'au physique ;
Pour qu'on ne puisse douter,
Je vais le lui emprunter.

V.

Portrait du monstre au physique.

« On voit mille et mille têtes
» Qui sortent de ce grand corps,

[1] Un grand nombre de villes en France ont été à diverses époques victimes de monstres du même genre.

« Et qui par un seul ressort
« Ou bien s'agitent ou s'arrêtent :
« Si ça n'était effrayant,
« Ça serait divertissant. »

VI.

Suite du même portrait au physique.

Monstre horrible, immense, informe,
Il est tout parsemé d'yeux
Louches, tournés vers les cieux,
Et dans chaque gueule énorme
On voit triple rang de dents,
Avec du Rauze en dedans.

VII.

Suite du même, toujours au physique.

Ses langues sont de vipère,
De crocodile ses pleurs,
De tigre sont ses fureurs,
Ses caresses de panthère ;
Pour griffes de léopards,
Il a de petits poignards.

VIII.

Costume d'ordonnance de la bête.

Grand chapeau plat à trois cornes,
Rabat blanc et noir jupon :

On voit dans un médaillon,
Sur sa poitrine difforme,
Un grimoire en abrégé
Où l'on lit A. M. D. G. [1]

IX.

Portrait de la bête au moral.

Son caractère est perfide,
A la fois lâche et cruel,
On ne voit rien sous le ciel
Qui se montre aussi avide,
Mangeant hors de ses repas,
Prenant et ne rendant pas.

X.

Toujours sur sa moralité.

De chair fraîche elle est friande,
Et surtout de sang royal,
C'est pour elle un vrai régal,
Tant sa barbarie est grande;
Dans le crime elle jouit,
Et lorsqu'elle tue Ileu rit.

[1] Les érudits pensent que ces initiales veulent dire *ad majorem Dei gloriam*; ce qui, dans le langage de la bête, signifie : *Pour le plus grand profit de la Gargouille.*

XI.

Comme quoi le monstre, par l'inspiration du démon, son père, composait de mauvais livres.

« Même, disent les chroniques,
» Ce monstre, enfant du malin,
» Griffonnait sur du vélin,
» En caractères gothiques,
» Des livres dignes du feu,
» Pour attraper le bon Dieu. »

XII.

Comme quoi ces livres étaient mauvais, et comme quoi ils avaient une TENDANCE *à attraper le bon Dieu.*

« On y voyait comment faire
» Pour pouvoir, en tout honneur,
» Être menteur et voleur,
» Parricide et adultère,
» Sod...... débauché,
» Et qui plus est sans péché. »

XIII.

Exposition des fureurs de la bête.

Dans sa fureur inhumaine,
Pour récréer ses regards,

Partout de membres épars
Couvrant la ville et la plaine,
Homme, femme, enfant, barbon,
Pour elle tout semblait bon.

XIV.

Comme quoi elle faisait le diable pour avoir de l'or.

On voyait croître sa rage
A l'aspect brillant de l'or;
Il semblait que d'un trésor
Elle convoitât l'usage,
Pour, au gré de ses désirs,
Payer ses menus plaisirs.

XV.

Réflexions sur la galanterie qui semblait régner dans les démarches de la bête.

On eût dit qu'à la tendresse
Le monstre avait du penchant,
Parfois d'un geste touchant
Leur prodiguant la caresse,
Il promettait des bonbons
Aux jolis petits garçons.

XVI.

La bête prend des libertés.

Croirait-on qu'un cœur farouche
Pour le sexe eût de l'amour?

Faisant patte de velours
Et même petite bouche,
Le monstre avec la beauté
Lâchait l'impudicité.

XVII.

Réflexions morales sur les susdites galanteries du monstre.

Ainsi cumulant les vices,
Les honneurs et les forfaits,
A tous trouvant des attraits
Et même des *bénéfices* ;
Traître, galant, tour à tour,
Il semblait fait pour la cour.

XVIII.

Description des chasses où on l'a manqué.

Que de chasseurs intrépides
S'écriaient dans leur courroux :
« Sous mes redoutables coups
» Tombera ce monstre avide ! »
Tous à l'envi l'ont chassé,
Pas un ne l'a terrassé.

XIX.

Comme quoi la bête se moquait des chiens, une seule espèce exceptée, qui lui donnait du tintouin.

En défaut mettant sans cesse
Des limiers jusqu'aux bassets.

Des briquets aux chiens barbets,
A force de tours d'adresse;
Elle n'avait, il paraît,
De peur que des chiens d'arrêt.

XX.

Comme quoi elle a été poursuivie inutilement par des gens de tous les pays.

Un chasseur de l'Angleterre,
Un Portugais, un Français,
Un Bohême, un Hollandais,
Un Russe qu'on nommait Pierre,
Un Vénitien, un Romain,
La chassèrent tous en vain.

XXI.

Artifices du monstre.

De tant de coups redoutables
Il a su tromper l'effort:
Quelquefois faisant le mort,
Par une ruse coupable,
Et quelquefois d'un agneau
Prenant au besoin la peau.

XXII.

De plus fort en plus fort.

Même on vit ce monstre infâme
Sur la terre au long couché,

En mille morceaux haché,
Comme s'il eût rendu l'âme :
On n'eut pas le dos tourné
Qu'il était raccommodé.

XXIII.

Comment la ville de Rouen fut délivrée de la Gargouille par un miracle.

Enfin, ô bonheur extrême !
Par la céleste vertu
Le monstre fut abattu ;
Il fit son paquet *quand même*,
Et périt pour ses méfaits
Dans la grand' cour du Palais.

XXIV.

Comme quoi aucuns racontent que le monstre est ressuscité.

Or un bruit s'est fait entendre,
C'est qu'on l'a cru mort : mais nix !
Ni plus ni moins qu'un phénix,
On dit qu'il sort de sa cendre,
Ou, de même qu'un bouchon,
Qu'il n'a fait que le plongeon.

XXV.

Son prétendu changement de moralité.

Mais on veut nous faire accroire
Que le monstre est bon enfant

Un vrai mouton maintenant,
Et de petit avaloire :
On nous trompe assurément,
Je vous le dis Franchetment.

XXVI.

La vérité sur son caractère et le crédit dont elle jouit.

La bête encor cherche à mordre.
Mais quoi, les plus grands chasseurs
Sont, dit-on, ses serviteurs :
Leur Bel art est à ses ordres,
A tel point qu'il voudrait bien
Pouvoir dérouter les chiens.

XXVII.

Comme quoi la bête aurait des commandes de livres.

Des traîtres et des gens ivres
Lui graissent la patte en vain,
Lui donnant un pot de vin
Pour en avoir de bons livres
A l'usage du Dauphin.....
Mais ils perdront leur latin.

XXVIII.

Opinions probables sur les causes de sa venue à Rouen.

Pour le sûr, c'est la vengeance
Du ciel armé contre nous :

La bête vient en courroux,
Pour nous mettre en pénitence :
C'est sans doute un grand malheur
Que *Molière* fut auteur. [1]

XXIX.

Conclusion.

En attendant ce miracle,
O Rouennais, bonnes gens !
Femmes et petits enfants,
Fermez bien votre habitacle :
Du monstre craignez les coups,
Et restez chacun chez vous.

XXX.

Suite du précédent.

Il fera force gambades,
Sauts de carpe et du tonneau,
Sauts d'anguille et du cerceau,
Le tout avec pétarades :
Il faut vous en défier,
C'est pour vous allicier.

[1] Molière est l'auteur du *Tartufe*; il eut de plu l'honneur d'être valet de chambre de S. M. Louis XIV, dit le Grand.

XXXI.

Autre suite des précédents.

Oui, si par ses tours infâmes
Il vient à vous attirer,
Vous le verrez dévorer
Et vos enfants et vos femmes :
Laissez ce monstre d'enfer
Exhaler sa rage en l'air.

XXXII.

Invocation finale.

O vous par qui tout s'embrouille !
De qui tant de maux sont nés,
Diables, démons incarnés,
O pères de la Gargouille !
Rappelez le monstre à vous,
De ses griffes sauvez-nous.

ERRATA.

La rapidité de l'impression a donné lieu à quelques fautes qu'il importe de rectifier.

P. 6, 3e couplet, au lieu de *mal saint* lisez *malsain.*

P. 7, 6e couplet, au lieu de *Rauze en* lisez *rose en.*

P. 8, 10e couplet, au lieu de *Hen rit* lisez *en rit.*

P. 14, 25e couplet, au lieu de *Franchetmen* lisez *franchement.*

2

DES MISSIONS

ET

CONGRÉGATIONS

AUXILIAIRES

DES JÉSUITES,

ET

PETITE CHRONIQUE

CONTEMPORAINE.

« Fonctions publiques et privées, retraites, neuvaines, conférences, tout est mis en usage pour établir dans le royaume une association générale sous l'étendard d'un despote étranger, et faire revivre ou remplacer, sans forme extérieure, une société formidable. »

Réquisit. du Proc. gén. au Parlem. de Rouen, 1763.

Les gens avisés qui veulent toujours deviner le but d'un livre jugeront aisément, à l'épigraphe de ce petit ouvrage, et aux récits détaillés de l'établissement des Jésuites en Normandie, que cette publication est faite à l'adresse des Normands. L'auteur a, en effet, compté sur un grand succès en ce pays; mais (bien entendu après le conseil d'acheter son livre) le meilleur avis qu'il puisse donner à ses compatriotes, c'est de laisser, à l'usage des simples et des fainéants, missions, congrégations et Jésuites. La Normandie est *le pays de la sapience* et de l'industrie; c'est par d'autres voies qu'elle conservera sa prospérité : elle la doit au commerce et à l'agriculture, et par là seulement elle peut l'entretenir. Comme l'a dit un sage, le travail procure la richesse, la richesse procure la considération : un *industriel* sur ses pieds est plus haut qu'un gentilhomme à genoux.

DES MISSIONS

ET

CONGRÉGATIONS AUXILIAIRES

DES

JÉSUITES.

La propagation de la foi, au moyen de missions chez les peuples privés des lumières du christianisme : tel fut à son origine le but ostensible de l'institut des Jésuites, fondé en 1540, par Ignace de Loyola.

Cependant d'autres desseins animaient en secret les fondateurs.

Le pape crut avoir créé une milice dévouée, prête à porter en tous lieux les ordres et la domination de la cour de Rome; et le général de la société, toujours Italien ou Espagnol, résidant à Rome, et tenant dans la plus étroite subordination tous les membres de l'institut, semblait lui répondre de la fidélité de ces intrépides janissaires répandus par tout le monde.

Les compagnons d'Ignace, de leur côté, ne songeaient qu'à conquérir pour eux-mêmes du pouvoir et des richesses. A la Chine, aux Indes, au Paraguay, leurs missionnaires se firent agents politiques, banquiers, espions, usurpateurs, marchands, vice-rois; ils s'occupaient bien moins de propager l'Évangile que d'étendre la puissance et le crédit de la société.

Mais ces missions lointaines avaient leurs fatigues et leurs dangers; les Jésuites entreprirent la tâche plus facile de convertir les pays catholiques. Ils se répandirent dans les états d'Italie, en Espagne, en France et en Allemagne; et bientôt la société gouverna bien plus de royaumes chrétiens qu'elle n'en convertit d'idolâtres.

On sait à quel privilége la société dut ses rapides accroissements. Le pape accorda en faveur des récipiendaires une absolution générale de toutes excommunications, interdits, suspenses, censures, sentences ecclésiastiques et peines de fait et de droit encourues de quelque manière et pour quelque cause que ce soit. Ce fut comme un asile ouvert à tous les gens perdus et mal-vivants de la chrétienté, et ce moyen était tout-puissant dans le siècle d'alors.

Comme ils rencontrèrent presque partout de grands obstacles à leur établissement, il leur fallut, pour les vaincre, déployer des moyens de toute espèce. Leur institut légitime tout ce qui est fait pour le bien de la société. Ainsi il leur est permis de prendre l'habit comme le langage le plus propre à leurs desseins; et ils peuvent enrôler dans leur société des gens de tous états, sans que ces nouveaux profès soient soumis à aucune règle monastique. Pasquier (*Recherches*,

liv. III, ch. 44), qui avait reçu les confidences d'un des compagnons d'Ignace, appelle ces recrues des Jésuites de la *petite observance*. Ils ne font, dit-il, aucun vœu, ni de chasteté, ni de pauvreté; ils peuvent être de tout état et profession. Seulement ils doivent vouer au général le sacrifice de leur volonté et de leurs sentiments pour participer aux indulgences que les papes ont données au général, avec le droit de les communiquer à ceux qui vivent sous son obéissance. — Moyennant qu'à certains jours ils se rendent à la maison commune des Jésuites, pour participer à leurs simagrées..... tellement que suivant cette loi et règle, il n'est pas impertinent de voir toute une ville jésuite[1]. — C'est par l'appui de ces prosélytes, c'est au moyen des contributions pécuniaires qu'ils en obtenaient, que, d'abord inaperçus, et puis se révélant tout d'un coup, suivant l'opportunité des circonstances, sans jamais communiquer entièrement à l'autorité civile les règles de leur institut, les Jésuites se répandirent dans tous les états de la chrétienté.

Ce fut en 1563 que le P. Jean Léra Hammingue, régent de leur collége de Rome, y fonda, sous l'invocation de la Vierge, dont on sait que Loyola s'était déclaré chevalier, une congrégation sur le modèle de laquelle ont été depuis organisées toutes les affiliations de ce genre.

[1] Voyez du reste sur ce Jésuite de petite observance ou de robe courte le compte rendu au parlement de Paris le 2 avril 1762.

Grégoire XIII, par une bulle du 19 décembre 1584, décida que le gouvernement des congrégations appartiendrait au général des Jésuites, et, dans les interrègnes, au vicaire général de la société.

Sixte-Quint, toujours occupé de rendre au Saint-Siége la domination qu'il avait exercée dans les siècles précédents, ne négligea pas les armes que les associations jésuitiques lui offraient dans les divers états, et, le 5 janvier 1587, il autorisa la société de Jésus à former, dans toutes les maisons qui lui appartenaient, des congrégations composées, soit des élèves, soit des fidèles du dehors, leur donnant la faculté de séparer ou confondre, suivant les occurrences, les sexes, les rangs et les âges. Les ramifications diverses devaient être placées sous l'invocation du mystère de l'annonciation, et cependant la prévoyance pontificale permettait l'adoption de tout autre titre.

Ainsi nul moyen n'était omis pour donner à cette milice régulière de l'ordre de Jésus l'appui d'une armée auxiliaire, docile, invisible, partout présente, fortifiée du concours de tout ce qui pouvait être séduit et enrôlé. Des indulgences multipliées, des priviléges sacrés, des voies particulières et assurées pour parvenir au ciel étaient autant d'invitations présentées à toutes les âmes tendres, autant de piéges dressés aux imaginations vives, aux esprits crédules. On faisait fléchir les règles de la religion, on flattait les passions ou les préjugés de tous pour conquérir aux congrégations des sectaires, des bras, des trésors.

Il serait trop long de dire tout ce qu'une pareille organisation produisit. Qui ne connaît les faits des Jésuites, leurs machinations politiques, les crimes où leur complicité a été judiciairement prouvée, les spoliations qu'ils ont commises, leurs abominables et infâmes doctrines, leurs odieuses persécutions contre les gallicans et les jansénistes, etc., etc. ?

Nous laissons de côté ces effets, pour ne nous occuper que des moyens qui les ont produits.

Habiles à changer de morale et de pratiques suivant les pays et les projets de leur politique, on vit successivement leurs congrégations se livrer à de licencieuses bacchanales ou aux observances les plus austères en apparence; tantôt se renfermer dans le cercle des intérêts privés, tantôt et le plus souvent travailler à la réformation de l'état, instruments d'intolérance religieuse ou d'usurpations politiques.

En 1565, les Jésuites avaient établi dans plusieurs villes d'Espagne des confréries de flagellants qui se fouettaient aux processions les plus solennelles. On voyait même à ces processions une troupe de jolies femmes à demi nues se discipliner indécemment le long des rues et dans les églises. Les évêques d'Espagne, assemblés en concile à Salamanque, condamnèrent ces dévotions scandaleuses, et voulaient même faire censurer le livre des *Exercices* d'Ignace, regardé comme le manuel de ces pieuses folies; mais le

P. Araoz, tout-puissant sur l'esprit de Philippe II, parvint à empêcher cet examen.

Dans le même temps la société avait formé à Louvain des congrégations pour les hommes et des retraites pour les femmes. On sut bientôt qu'il se passait dans ces retraites les choses les plus scandaleuses, et que quelques unes de leurs pénitentes se faisaient fustiger une fois la semaine par leurs confesseurs. Les curés, de concert avec l'université, leur firent défense, non seulement de tenir ces sortes d'assemblées, mais ils leur interdirent encore l'exercice de la confession. Ces défenses furent vaines.

En 1604, les Jésuites avaient organisé à Gênes une congrégation dont les membres, engagés par des serments contraires à leurs devoirs de citoyens, juraient de ne donner leurs voix, dans l'élection des magistrats, qu'à ceux de la confrérie. Un édit fut publié pour dissoudre cette association illicite.

Lorsqu'en 1605 ils furent bannis de la république de Venise, on les accusait d'avoir voulu inspirer aux femmes la désobéissance envers leurs maris, et aux enfants l'aversion pour leurs pères et mères, qu'ils prétendaient excommuniés. On intercepta une lettre écrite par un Jésuite au pape, pour l'informer qu'il y avait dans la seule ville de Venise plus de trois cents jeunes gens de la noblesse prêts à obéir à tout ce que le pape exigerait d'eux. Le sénat déclara que les Jésuites se servaient du tribunal de la pénitence pour pénétrer les secrets des familles, les projets et les ressources du gouvernement, et qu'ils envoyaient tous les six mois des mémoires à leur général.

A Naples, en 1614, une sœur Julie, de l'ordre de Saint-François, était à la tête d'une infâme confrérie, où je ne sais quelle théologie mystique servait de voile aux plus coupables déportements. Sœur Julie avait su attirer à elle un grand concours de seigneurs, de dames, et les plus aimables demoiselles, dit Giamone, qui rapporte cette histoire (*Hist. de Naples*, liv. XXVII, ch. V); malheureusement pour elle, quelques unes de ses élèves eurent l'imprudence de révéler, en se confessant à des théatins, tout ce qui se passait dans la confrérie. Ces religieux en informèrent l'évêque, et s'offrirent de le rendre témoin des noces impies et des prostitutions qui se pratiquaient dans l'appartement de sœur Julie. L'autorité voulut agir. Mais les Jésuites protégeaient sœur Julie, ses élèves étaient leurs affiliés, et c'étaient les personnes les plus considérables de la cour, des seigneurs, des officiers, des chefs d'ordres religieux. Enfin l'on instruisit : les désordres commis dans cette congrégation sous l'ombre de pratiques religieuses furent judiciairement constatés[1] par le saint office : et le 3 juillet 1615, le Père Agnès, sœur Julie et Joseph de Vicariis, condamnés à une réclusion perpétuelle, abjurèrent leurs erreurs dans l'église de la Minerve,

[1] Nous sommes obligés d'en omettre les licencieux détails. En France, le procès de la Cadière contre le Père Girard (1731) a appris de quoi les Jésuites sont capables en ce genre.

confessant les lubricités auxquelles ils s'étaient livrés à la faveur de leurs mystiques délires.

Cet échec rendit les Jésuites de Naples plus circonspects; mais ils ne renoncèrent pas aux congrégations. Ce fut au contraire, selon le même auteur (liv. XXXVIII, ch. V), le moyen dont ils se servirent le plus activement pour augmenter leur crédit et leurs richesses. Ils dirigeaient toutes les consciences : ils affiliaient des personnes de tout état et de toute profession. Suivant les conditions diverses, ils modifiaient l'organisation de leurs congrégations. Ils en avaient dans leurs colléges et dans leurs maisons professes; si bien que, mêlés dans toutes les affaires, initiés dans toutes les confidences, partout regardés comme des hommes sages et prudents, ils réglaient tout à leur volonté, depuis les hautes intrigues politiques jusqu'aux procès judiciaires, dont ils se faisaient arbitres, jusqu'aux démêlés de ménage, dont ils se rendaient médiateurs. Du reste exerçant, comme on peut croire, cet immense crédit au profit seulement du prochain, ils amassèrent en quatorze ans des biens plus considérables que n'en possédaient tous les autres ordres religieux à la fois.

L'intrusion des Jésuites en France date de 1550. Leur adroite et opiniâtre politique sut triompher à la longue des résistances des parlements, du clergé, des universités et du peuple.

L'évêque de Paris, consulté sur leur admission, répondait avec naïveté qu'au lieu de s'établir en France, la compagnie de Jésus devait être envoyée dans le voisinage des Turcs, à l'instruction desquels on la disait singulièrement destinée. Mais la France était un trop bon pays pour qu'ils lâchassent aisément prise ; ils eurent bientôt fait une multitude de prosélytes. Ils recevaient de toutes mains, et, malgré le crédit des Guises, ils n'avaient encore pu se faire reconnaître par le parlement, que déjà ils avaient obtenu de Guillaume Duprat un legs de 500,000 fr. pour les frais de leur premier établissement.

Les congrégations et la prédication assurèrent leur succès.

A Dieppe, en quelques jours, suivant les auteurs jésuites, le P. Possevin convertit 1,500 protestants ; après lui un de ses confrères en convertit 1,500 autres, et, par un miracle aussi réel que le premier, il ramena dans les filets des pêcheurs les harengs, qui, depuis plusieurs années, semblaient avoir entièrement abandonné ces mers.

La réputation du P. Possevin le fit appeler à Rouen par le cardinal de Bourbon (depuis roi de la ligue sous le nom de Charles X) : il prêcha le carême dans la cathédrale, et opéra encore un grand nombre de conversions. En travaillant ainsi au salut du prochain, il n'oubliait pas la fortune de son ordre ; c'est le but principal de tout convertisseur jésuite. Il se fut bientôt créé parmi les personnes riches, et surtout parmi les femmes, un grand nombre de partisans, dont les aumônes, jointes aux largesses du cardinal, lui fournirent bientôt les moyens d'établir à Rouen un collége de Jésuites.

Toutefois il n'avait pu obtenir du parlement

un titre d'existence légale, et à la mort du cardinal de Bourbon, en 1590, l'appui de son successeur lui manquant, l'établissement de la société à Rouen était totalement ruiné, lorsqu'enfin en 1592 l'amiral de Villars, qui commandait cette ville pour la ligue, leur procura les moyens de s'y fixer définitivement. Les piques des ligueurs imposèrent pour eux silence à la vigilance des magistrats.

Les Jésuites s'étaient, en effet, par toute la France, jetés à corps perdu dans la ligue, ils en furent les moteurs et les instruments les plus actifs : en cela ils suivaient les instructions du pape et de leur général.

La première association de la ligue fut organisée à Toulouse, par le P. Edmond Augier[1]. Les habitants, associés *par dizaines*, prêtèrent serment entre ses mains d'observer les articles arrêtés, et une confrérie du Saint-Sacrement, formée aussi par lui, avait pour premier engagement de ne jamais reconnaître pour roi Henri de Navarre. Ce fut grâce à leurs confréries et congrégations que la ligue se propagea si rapidement par tout le royaume. Les mots d'ordre, envoyés de Rome, circulaient en un moment dans toutes les villes de France ; tous les ligueurs étaient leurs affiliés.

C'est à la sollicitation des Jésuites que, le 20 août 1585, Sixte-Quint fulminait une sentence d'excommunication contre Henri, roi de Navarre, et contre le prince de Condé. Et c'étaient les Jésuites

[1] Histoire de la ville de Toulouse, par Raynal, avocat au parlement de Toulouse, 1759.

qui commentaient dans la chaire, par les plus séditieuses déclamations, les bulles incendiaires du pape.

Leurs congrégations survécurent à la ligue : c'est par elles que, toujours redoutables à Henri IV, ils parvinrent à se maintenir secrètement en France, après qu'ils en eurent été expulsés, une première fois, comme complices d'un double parricide, et à y rentrer ensuite en 1603. Tout le monde a lu dans les Mémoires de Sulli les vrais motifs de leur rappel. Si Henri IV adopta ce parti, ce fut, disait-il à son ministre, *pour ne pas les jeter au dernier désespoir, et par icelui dans les desseins d'attenter à ma vie, ce qui me la rendrait si misérable et langoureuse, demeurant toujours dans les défiances d'être empoisonné ou bien assassiné, car ces gens ont des intelligences et correspondances partout, et grande dextérité à disposer les esprits selon qu'il leur plaît.*

Ainsi autorisés de nouveau par l'édit de 1603, qui ne fut enregistré qu'après remontrances et lettres de jussion, les Jésuites se produisirent ouvertement, prenant de toutes mains, et usurpant sur tous les autres ordres pour former leurs établissements, agissant tantôt par ruse, tantôt par vive force ; ils suivaient la maxime de cet ancien, et partout où la peau du lion ne pouvait atteindre, ils savaient y coudre la peau du renard.

La manière dont ils s'impatronisèrent à Caen, au milieu de l'université, et en l'excluant de ses propres colléges, peut donner une idée de ce qu'ils pratiquèrent partout ailleurs[1].

Ce fut en 1607 que les enfants de Loyola, cédant à *l'excessive envie qu'ils ont de se fourrer partout*, entreprirent de s'établir à Caen. Le P. Coton obtint de Henri IV, au mois de septembre, des lettres-patentes en faveur de la société, portant entre autres choses que le roi, de ce *requis et supplié* par les habitans de Caen, permettait aux Jésuites d'y établir un collége *pour l'instruction de la jeunesse aux bonnes sciences et mœurs.* Puis il fit présenter ces lettres aux officiers du présidial par le sieur Daubigny, trésorier de France, affidé à la société, pour qu'ils eussent à procurer l'établissement projeté. Le sergent de la ville dut convoquer les habitants pour en délibérer. La séance fut fixée au lendemain même des convocations. C'était bien de la précipitation en chose de cette importance. On avait eu soin d'ailleurs de ne

[1] Ce qui suit est extrait d'une brochure imprimée à Rouen en 1762, intitulée *Recueil de pièces non imprimées extraites des registres du parlement de Rouen et de l'hôtel-de-ville de Caen.* Dans son compte rendu au parlement de Normandie, procureur-général dit (p. 129) : « Nous ne vous » parlerons pas de la manière dont la société s'est » répandue dans le ressort de la cour. L'obrep» tion, la subreption, le *faux*, ont été ses moyens » favoris pour s'y introduire et s'y accréditer. Ce » qui reste d'anciens monuments dans les ar» chives des différentes villes atteste cette scan» daleuse vérité. »

remettre les convocations qu'à un petit nombre d'individus. Dans cette assemblée clandestine, la majorité préparée à l'avance souscrivit à la demande des Jésuites, qu'on leur abandonnât le collége du Mont. Le 11 mars, le P. Coton écrivit aux maire et échevins pour leur marquer sa reconnaissance de l'honneur qu'ils faisaient à sa société de la *désirer* et de l'avoir *acceptée* des mains du roi ; il annonçait que le P. Gontier se rendrait bientôt sur les lieux pour conférer des *moyens de la loger plus convenablement*, car ils avaient encore jeté leur dévolu sur le collége des Arts. Ce rusé Jésuite cherchait, par ce langage, à accoutumer les esprits à l'idée du vœu des habitants faussement énoncé dans les lettres-patentes. Mais cette fois l'assemblée de ville fut régulièrement convoquée. Les deux députés Jésuites représentèrent qu'ils avaient *obtenu lettres-patentes pour être permis d'établir en cette ville un collége de leur société.* On voulut voir ces lettres. Alors tous les assistants réclamèrent contre le préambule qui énonçait la demande faite par les habitants; ils demandèrent *s'il y avait quelque acte public de cette demande. Sur quoi le greffier enquis dit qu'il n'en avait aucune connaissance ; au contraire, se trouve ès registres qu'au mois de mars 1604, aucuns particuliers ayant*, comme on le disait, *envoyé à Mᵉ Pasquier, docteur en théologie, de demander l'établissement d'un collége de jésuites au nom des habitants, sans en avoir aucun pouvoir les maire et échevins d'alors avaient fait présenter requête à sa majesté pour s'y opposer ;* de laquelle requête ledit greffier a *exhibé la minute*, ajoutant que, *depuis 1604, il n'en avait été parlé.*

Il demeura donc constant que les Jésuites avaient trompé le prince, en attribuant aux habitants en général la démarche collusoire et furtive de quelques affidés; et que depuis 1604 ils avaient, pendant quatre ans, gardé le silence sur cette demande, pour la faire revivre ensuite quand les oppositions seraient oubliées; et que, par une réticence conforme à leur morale, ils avaient enfin rappelé l'une sans parler de l'autre.

On fut aux voix, et tous les membres de l'assemblée déclarèrent s'opposer à l'intrusion des Jésuites, comme gens inutiles, dangereux, séditieux, et suivant l'idée que chacun s'était formée de ces bons Pères.

Déconcerté par l'unanimité des suffrages, le président, commissaire du roi, choisi par le P. Coton, requit *qu'il fût notoirement fait savoir que s'il y avait aucuns qui désirassent les Jésuites, ils eussent à donner leurs noms au greffier.* Personne ne se fit inscrire, et on s'écria par acclamation qu'il fallait députer au roi *pour être dispensé* de recevoir lesdits Jésuites, et ne se trouva aucun qui ouvrît un autre avis, quoique l'assemblée fût composée de plus de trois mille personnes.

Cependant quelque temps après on voit les Jésuites établis à Caen..... On connaît la source de leur toute-puissance auprès de Henri IV.

Le Père Coton, confesseur du roi, avait fortifié son crédit de celui de Lavarenne, son valet-de-chambre et le ministre de ses plaisirs secrets.

C'est à l'appui de celui-ci que les Jésuites durent, avec une magnifique dotation, le collége de la Flèche, où fut depuis déposé le cœur de Henri IV, dont ils se délivrèrent par les mains de Ravaillac.

Richelieu et Louis XIV forcèrent la société à respecter les droits du trône; mais elle se dédommagea de sa soumission envers le roi, en étendant de toutes les manières sa domination sur le peuple. Les Jésuites empiétèrent sur tous les pouvoirs de l'état; et ils se créèrent, contre les droits publics et privés, une indépendance qu'ils surent maintenir par toutes sortes de voies. Les derniers venus des ordres religieux, ils en furent bientôt les plus riches, malgré leur vœu de pauvreté. Nuls ne s'entendaient mieux à capter les testaments, et il n'était guère de successions où la société n'eût part d'héritier. C'est pour la plus grande gloire de Dieu qu'ils dépouillaient les familles.

Au moyen de leurs congrégations, ils se rendaient maîtres du secret de tous les corps et de toutes les familles, de sorte qu'initiés à toutes les intrigues, ils savaient toujours leur donner la direction la plus utile à la société.

On les vit à Brest, pendant plusieurs années, commander à leur gré la garnison, imposer silence à l'autorité, déposséder les curés dont les églises étaient à leur convenance, et dominer en maîtres absolus, de sorte que, réalisant l'hypothèse de Pasquier, la ville semblait devenue toute jésuite.

Mais ce fut surtout dans leurs querelles si vives

et si prolongées contre les jansénistes qu'ils propagèrent, au moyen de leurs congrégations, leur esprit de haine et de persécution. On les vit à Caen, en 1655, dans une confrérie *de l'ermitage*, prescrire à tous leurs congréganistes des vœux pour la damnation des partisans de *Jansénius*. Ils les poursuivaient au-delà même du tombeau. C'est ainsi que ces bons Pères entendent la charité chrétienne.

A Rouen, ils avaient institué et ils entretinrent jusqu'au jour de leur dissolution six congrégations; savoir, au collége, congrégation de messieurs, pour les nobles et les personnes distinguées dans la robe; congrégation des marchands et bons bourgeois; congrégation des écoliers : et dans leur maison-professe, congrégation de messieurs; congrégation des artisans et une association en l'honneur des trente-trois ans passés sur la terre par J.-C., composée de trente-trois sujets choisis.

Ils firent imprimer dans cette ville un recueil de *Prières et offices des congrégations de la glorieuse Vierge Marie, avec les règles, indulgences, etc., érigées ès maisons et colléges de la compagnie de Jésus*. On y lit entre autres choses : Art. 3 et 4. « Le confesseur ordinaire sera l'un des Pères de la compagnie de Jésus, député par le P. recteur du collége. Que si quelqu'un veut se confesser à un autre, il en doit demander congé et pouvoir au même recteur, etc. Art. 11. « S'il arrive que quelqu'un s'absente de la congrégation pour faire voyage, il en avertira le P. préfet, et prendra de lui des lettres patentes, etc. — *Règles du secrétaire.* Art. 1. « Il tiendra secret ce qu'il faudra tenir, de telle sorte qu'il ne parle ni donne aucunement à entendre ce qui aura été ordonné ou se devra faire. Art. 4. « Il doit faire réponse aux épîtres que les autres congrégations ou certaines personnes du dehors écriront, auxquelles il saura du P. préfet, comme il faudra répondre. »

On comprend les avantages d'une pareille organisation pour initier les Jésuites dans les secrets de l'état et des familles, dirigeant toutes les consciences, depuis celles des princes et des ministres, jusqu'à celles des valets et des courtisanes. Ce sont eux qui ont introduit cette méthode, ignorée jusqu'à eux dans l'église, d'interroger en détail leurs pénitents. Les révélations, que leur curiosité obtenait ainsi, devenaient la propriété de la société. Leurs relations, hors le confessionnal, avec des personnes de tout état, leur apprenaient d'ailleurs tout ce qu'il importait à l'intérêt de la société de connaître. D'après leurs statuts, chaque supérieur doit écrire au moins une fois la semaine au provincial tout ce qui s'est passé dans la maison, non seulement parmi les profès, mais encore parmi les congréganistes et étrangers qui la fréquentent. Les provinciaux doivent à leur tour envoyer un compte rendu, tous les mois, au général. De sorte que comme les statuts ordonnent aussi à tous les Jésuites, ainsi qu'aux affiliés, qui relèvent également du général, d'être entre les mains de celui-ci *comme un bâton dans la main d'un vieillard qui s'en sert partout et à l'usage qui lui plaît;* tous ces bâtons touchaient à Rome par un bout, ainsi qu'à un centre commun. C'étaient comme autant de leviers pour soulever les états.

Dans les statuts rédigés par les fondateurs de l'ordre, on lit que les jésuites doivent suivre la doctrine de saint Thomas, *à moins qu'il ne survienne une théologie plus accommodée au temps.* Ces *accommodements*, ces transactions avec la pureté de la foi et la simple austérité de l'Evangile, furent toujours une grande partie de leur politique. Par exemple, pour séduire les femmes, ils firent subir à leur morale tous les relâchements imaginables. Ils n'allèrent pas sans doute toujours jusqu'aux excès reprochés à la confrérie de sœur Julie, au révérend père Gérard, et à tant d'autres révérends de la compagnie; mais tous leurs livres offrent le plus singulier mélange d'une sorte de galanterie mystique, destinée à concilier les jouissances de la vie mondaine avec les pratiques de la vie dévote. Rien de plus curieux sous ce rapport que le *Paradis ouvert à Philagie par cent dévotions à la Mère de Dieu, aisées à pratiquer aux jours de ses fêtes et octaves qui se rencontrent à chaque mois de l'année*, par le R. P. Barry. Rouen, 1660.

Mais qu'est-ce que l'effet d'un livre auprès de celui que peut produire un prédicateur? C'est surtout du haut de la chaire, qu'en se pliant à toutes les passions de leur auditoire, les jésuites dominaient les esprits de la multitude. Aussi était-ce toujours par une mission qu'ils débutaient dans les villes où ils n'avaient pas d'établissement; s'impatronisant dans les paroisses, et attirant bientôt les ouailles dociles à leurs confessionnaux. On sait l'avantage de parler, sans contradicteur, au nom du ciel, et surtout au nom de l'enfer. Le plus pauvre raisonneur, s'il a quelque chaleur de langage et quelque puissance dans le geste, communiquera sans peine le fanatisme qui l'anime. Les missionnaires Jésuites savent varier leurs moyens d'action, suivant ceux à qui ils s'adressent. Les farces les plus grossières, les trivialités les plus scandaleuses, les apparitions de la fantasmagorie, des cantiques sur des airs d'opéra, des roulements de tonnerre pour accompagnement d'un sermon sur le jugement dernier, au besoin même des miracles, tout sera mis en œuvre pour attirer et frapper la foule.

Les missions sont employées à recruter les congrégations, et quand les congrégations sont formées, on classe les convertis enrôlés sous la bannière d'Ignace. Au lieu de prédications publiques, on fait des conférences particulières, où leur morale se prête à de nouvelles complaisances, suivant les préjugés et les habitudes des membres de chaque classe. Puis dans chaque classe on fait choix de sujets d'élite, à qui l'on accorde le privilége de révélations intimes sur le but de la société : ce sont eux qu'on réserve aux grandes entreprises.

On a vu que la société cherchait ses suppôts dans toutes les conditions. Chacun, en effet, quel que fût son état, pouvait se faire affilier. Les Jésuites, qui savent par excellence lever les scrupules et modifier les serments, admettaient tout le monde. Baluze, dans son *Histoire de Tulle*, rapporte que le 1er septembre 1607, un sieur Gilles Leblanc Labaume De la Vallière, ancien évêque de Nantes, prononça ses vœux dans sa chambre au palais épiscopal de Tulles, sans pour cela être entré dans la société. On a également affirmé que Louis XIV avait fait de pareils vœux entre les mains du père Lachaise

Du reste, les congréganistes ainsi affiliés, liés par le vœu d'obéissance envers le pape et le général, se doivent tout à la société, même au préjudice des devoirs de leur état. C'est ce qui fut reconnu en 1762 au parlement de Provence, d'après la déclaration d'un magistrat congréganiste qui se récusa dans une affaire qui concernait les Jésuites. Les autres magistrats congréganistes prétendirent au contraire qu'ils pouvaient opiner, se réservant sans doute, conformément aux statuts, de considérer avant tout les intérêts de la société [1].

C'est ainsi que les Jésuites, ayant partout des suppôts, dominaient toutes les affaires, disposaient de toutes les places au profit de leurs créatures, protecteurs occultes dont l'appui était le plus puissant de tous.

Lorsque, après la banqueroute du P. Lavalette et la lumière fâcheuse qu'elle avait répandue sur les mystères de leur institut, les Jésuites sentirent à la courageuse énergie des magistrats, que l'édi-

[1] C'est cette forfaiture que les congréganistes de ces derniers temps ont aussi érigée en précepte, en disant que dans ce conflit de devoirs opposés, il faut préférer la loi divine aux lois humaines.

fice de la société était mis en péril, ils rassemblèrent toutes leurs forces pour le soutenir. A ce combat fut appelée cette armée auxiliaire de congréganistes de toutes les classes. Les prédications et instructions séditieuses se multiplièrent; tout le royaume fut ébranlé par leurs intrigues, et leurs affiliés tentèrent d'exciter des cabales au sein même de la magistrature.

Enfin, quand la dissolution de la société eut été prononcée, c'est au moyen de leurs congrégations invisibles, insaisissables, que les tronçons de ce *serpent haché*, si vivace, cherchaient à se réunir. Le 3 mars 1763, un magistrat du parlement de Rouen signalait à cette cour les retraites à huis-clos, les mêmes pratiques de dévotion destinées à rassembler leurs affiliés et leurs adhérents, et les manœuvres de toute espèce déployées dans leurs conciliabules. Le procureur-général ajoutait : « La religion et les lois ont encore à craindre de l'esprit qui anima la société; il lui survit et se perpétue dans le ressort de la cour et particulièrement dans la ville de Caen, au mépris de vos arrêts. Fonctions publiques et privées, retraites, neuvaines, conférences, tout est mis en usage pour établir dans le royaume une association générale sous l'étendard d'un despote étranger, et faire revivre ou remplacer, sans forme extérieure, une société formidable. »

Ainsi la société fut dissoute, mais l'association morale des individus subsistait toujours indomptable, immortelle. *Nous sommes de la nature du liège*, disait un Jésuite de Rouen, *nous revenons toujours sur l'eau*. . . . .

PETITE CHRONIQUE

CONTEMPORAINE.

ACTES PUBLICS [1].

7 août 1814. — Bulle du pape Pie VII qui rétablit l'institut des Jésuites, sans aucune modification de leurs statuts, et pour subsister comme autrefois, *tels quels.*

1817. — 1818. — Les *pères de la foi* s'établissent à Saint-Acheul, à Dôle, à Montrouge.

3 mai 1822. — Une autorité anonyme fonde à Lyon l'association dite *de la propagation de la foi*, sous l'invocation spéciale de saint François-Xavier, l'un des compagnons de Loyola, dont les miracles et les conversions à la Chine et aux Indes sont connus de tout le monde.

27 mai 1823. — Lettre signée *Fortri*, général des Jésuites, où l'on

[1] Les actes secrets seraient bien plus curieux à connaître ; on se propose de les publier l'an 2240.

lit ce passage : « L'état actuel de notre compagnie, » *en France*, ne permet pas » d'en distraire un seul » des individus qui y sont » employés, puisqu'ils suffisent à grand'peine *aux* » *établissements que nous y* » *avons déjà*, et beaucoup » moins à ceux *qu'on nous* » *y offre* de toutes parts. »

28 février 1825. — Lettre de M. Lesurre, vicaire général du diocèse de Rouen, à tous les curés du diocèse pour l'organisation dans leurs paroisses des décuries et centuries de l'association à cinq cent. par semaines pour la propagation de la foi. — On y voit que M. le prince de Croï est président du conseil supérieur établi à Paris.

19 mars 1825. — Instruction pastorale de *Gustave Maximilien Juste, prince de Croï, par la miséricorde divine et la grâce du Saint-Siége apostolique, archevêque de Rouen, primat de Normandie, grand aumônier et pair de France,*

commandeur de l'ordre du St.-Esprit, primicier du Chapitre royal de Saint-Denys, etc.

Février 1826. — Mandement de Mgr l'évêque de Strasbourg (M. Tharin, aujourd'hui précepteur de S. A. R. le duc de Bordeaux). On y lit que les Jésuites *sont appelés par la Providence à rendre à la religion son ancien éclat, et à replacer la monarchie sur des fondements solides, en élevant la génération naissante dans les principes conservateurs de l'ordre, dans l'amour de Dieu et des princes de la royale maison de Bourbon.*

8 mars 1826. — Mandement de monseigneur l'archevêque de Besançon, qui annonce l'association de la propagation de la foi sous l'ancienne devise des Jésuites, *ad majorem Dei gloriam* (pour la plus grande gloire de Dieu).

.... 1826. — A Caen, la rue de la Préfecture quitte ce nom pour reprendre celui de *rue des Jésuites.*

29 mars 1826. — Arrêt de la cour de Douai contre les R. P. de Saint-Acheul, qui, se produisant ouvertement sous le nom de *Jésuites*, et suivant les anciennes pratiques de la société, voulaient dépouiller une pauvre famille de son patrimoine au moyen d'un fidéicommis, produit de leurs captations.

.... — Arrêts de toutes les cours du royaume, qui, conformément aux édits et lois de l'état, ordonnent la clôture de toutes les maisons des Jésuites, et la dissolution de toutes congrégations non autorisées.

FIN.

IMPRIMERIE DE LACHEVARDIERE FILS,

RUE DU COLOMBIER, N. 30, A PARIS.

www.ingramcontent.com/pod-product-compliance
Ingram Content Group UK Ltd.
Pitfield, Milton Keynes, MK11 3LW, UK
UKHW020442230726
13925UKWH00004B/1777

9 782014 078060